难舍母校

情牵恩师

出版：香港地方故事社有限公司
　　　悅文堂

HONG KONG
LOCAL STORIES
ORGANISATION

地址：香港柴灣康民街 2 號康民工業中心 1404 室
電話：(852) 3105-0332
電郵：HKLSOCO@gmail.com

發行：香港聯合書刊物流有限公司
地址：香港新界 大埔 汀麗路 36 號 中華商務印刷大廈 3 字樓
電話：(852) 2150-2100
網址：http://www.suplogistics.com.hk

印刷：大一印刷有限公司
電郵：sales@elite.com.hk
網址：http://www.elite.com.hk

圖書分類：兒童讀物 / 繪本 / 香港地方誌
初版日期：2019 年 7 月
ISBN：9789887845546
定價：港幣 120 元 / 新台幣 530 元

兒童地方誌

九龍城篇

序

　　本人是位 50 年代出生的土生香港人，是次能為「兒童地方誌—九龍城篇」撰寫此序，深感榮幸。九龍樂善堂紮根九龍城區已有超過一百三十年的歷史，見證區內的發展變化。本人很高興得悉有關九龍城區歷史的兒童讀物將會出版，讓更多兒童知道九龍城區的今昔。

　　本人亦知道「兒童地方誌」會繼續出版有關香港各區的歷史，讓兒童更了解和認識各區歷史，從而加深對香港的歸屬感，更愛香港這個美麗地方和偉大的祖國。

梁紹安 MH
九龍樂善堂（2015-2016 主席）

　　這是一本 "可愛" 的兒童讀物，筆者以九龍城區具歷史意義的地方及人物作為引子，讓小朋友進一步認識九龍城區的發展故事及與中國歷史的相連之處，加上活潑的卡通插圖，讀來既輕鬆又容易明白；附載的相關「小知識」、「小資訊」、「STEM 小常識」及小遊戲，更起著畫龍點睛的作用。

陳嫣虹
民生書院校長及九龍城區校長聯絡委員會及中學校長會主席

　　得悉一群熱心社會服務的朋友近日成立了一間社企，專為幼稚園及初小學生出版一本課外讀物，名為「兒童地方誌」。「兒童地方誌」是一系列介紹香港各地區的兒童讀物，內容扼要地把地區歷史和特色以圖片及文字展示，加上 STEM Sir 好玩及趣味性的遊戲，非常適合家長或老師陪同孩子陪閱讀。

　　第一炮出爐的是「九龍城篇」，內容介紹了宋皇臺公園、啟德機場、九龍寨城公園、李小龍先生等事跡。生長在香港的你對香港的地區認識多少？你也可以跟孩子一起閱讀這本「兒童地方誌」，一起更認識香港各區的歷史、演變及現況。

張展鈴博士
民生書院幼稚園校長及九龍城區幼稚園校長會主席

我從小就很渴慕成為一位「探險家」。探險家就是把未知地方、未知事情，在探索了以後，記錄下來。孩子可以按照本書的知識及建議活動，探索大家熟悉的九龍區，成為小小的香港探險家！

朱子穎
德萃小學及漢師德萃學校總校長

　　我從就讀幼稚園、小學、中學的學習階段，都在九龍城區，其後也在九龍城區從事幼兒教育行政工作也接近 30 年。九龍城區的人和事，在我人生路上留下難以忘懷的烙印。是次很高興能有一本兒童故事讓我能夠與小朋友分享更多有關九龍城的歷史，希望大家和我一樣喜歡這本書。

何蘭生校長
保良局李徐松聲紀念幼稚園

　　我自少就在九龍城區讀書和生活，很高興知道香港終於有本屬於本地故事的兒童繪本圖書，《兒童地方誌：九龍城篇》的內容生動有趣，能夠深入把九龍城的歷史故事、生活面貌及環境變化全面地展現出來，讓小朋友能夠認識九龍城的社區外，還可以拿著繪本在社區中邊走邊學，值得推介。

Patrick Sir（林溥來）
伽利利國際幼稚園校監及 TVB 節目主持

編輯序

　　編寫地方誌是中華民族源遠流長的文化傳統，地方誌全面記載地方上人文、社會、地理、人物等狀況，內容包羅萬有，可說是人們了解地方的百科全書。

　　我們與幾位志同道合的教育界朋友，有見很多香港兒童不認識本土歷史，因此創立「香港地方故事社」社企，希望透過繪本形式編寫十八區兒童地方誌，向兒童更生動有趣地介紹地區的歷史故事和科學知識。鼓勵小朋友從自己的社區開始認識香港，從認識到認同，從認同到熱愛香港，為我們的社區建設出一分力量。

　　十八區兒童地方誌內容多元，包括：遊戲、STEM 課程、社區導賞等，我們為兒童創設各種學習經歷，家長、老師可與小朋友一起拿著繪本，走進社區，邊走邊學，親身感受熟悉的社區生活，回顧陌生的社區歷史。我們深信，社區的小故事會啟發愈來愈多兒童對歷史和社區的熱愛，也對他們未來學習，成長，培養社會責任感有莫大裨益。

　　最後，感謝所有參與製作、幫忙校對和給予專業意見的朋友和義工們。大家的共同努力，兒童地方誌才能順利「出世」！

香港地方故事社

歷史是什麼：是過去傳到將來的回聲，是將來對過去的反映。

——雨果

目錄

啟德機場舊址

宋皇臺
與宋皇臺花園

相片來自網絡　1920 年代的宋皇臺

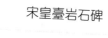
宋皇臺岩石碑

九龍宋皇臺遺址碑記

　　九龍城區內有一個與周遭建築物不相襯的花園——「宋皇臺花園」。這個花園內有一個刻有文字的石碑。石碑刻有「宋王臺」三字和旁邊「清嘉慶丁卯重修」七字。公園在 1960 年向公眾開放，讓市民知道宋帝曾到港避難的事蹟。

後來政府為表示尊重先帝，更把原來的「王」改作「皇」。政府亦在宋皇臺花園入口旁豎立一碑名為《九龍宋皇臺遺址碑記》，以中英簡介南宋皇帝曾到港的事跡。

為什麼現在又會用「皇」字呢？

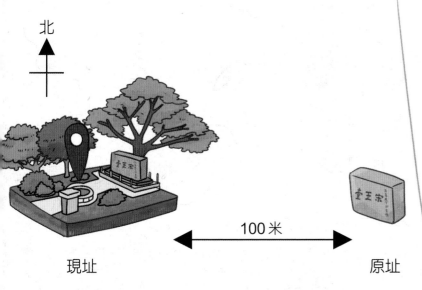

北

100 米

現址   原址

這個宋皇臺石碑經過年代變遷和地區發展，石碑最後由原址遷移至以西 100 米的地方（即現今的位置）。原址還興建了一個宋皇臺花園和鄰近的宋皇臺道。

當時的宋皇臺石碑體積龐大，在日佔時期遭受炸毀。被炸毀的部份岩石殘骸一直都沒有被清理，幸好後來因為居民的請求，港英政府便派人把岩石殘骸整修。最後宋皇臺岩石碑的尺寸只剩下原來的三分之一。

被炸毀後只剩下原來尺寸的三分之一體積的宋皇臺石碑

現時的宋皇臺遺址，已經變為啟德機場的一部分。是什麼原因讓宋皇臺石碑變成這樣，先來認識一下宋皇臺石碑的歷史吧！

宋皇臺與「落難」皇帝

你知道曾經有皇帝來過香港嗎？

相傳南宋時期（公元 1127－1279 年）皇帝宋端宗趙昰和其弟趙昺為躲避元朝軍隊追殺，在多人護送下由海路逃亡。

他們途經惠州、廣州等地，在公元 1277 年 4 月逃難至香港九龍城區一帶，並作短暫停居。

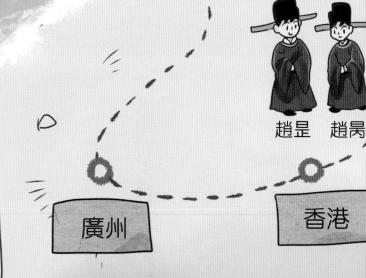

惠州

趙昰　趙昺

廣州

香港

其後南宋於公元 1279 年滅亡。

期間，元軍不停進攻，兩名小皇帝離開香港，經歷一段時間的逃亡後，亦先後離世。

宋亡後，居民為紀念兩位小皇帝的事跡，便在九龍城一處山頂上的一塊巨石上刻上「宋王臺」三字，相傳宋端宗常在旁邊的石洞內休息。「宋王臺」三字旁還刻有「清嘉慶丁卯重修」七字，顯示在嘉慶年間宋皇臺曾被修茸過。可惜的是現時的「宋王臺」三字是舊有的還是重修的，已經無法得知了。

STEM 小常識

刻碑的方法？

古時人們刻碑的方法是先用硃砂筆寫在已磨平的碑石上，再用鑿子依字跡刻上文字，但被刻上的字容易經過時間洗禮逐漸模糊。

現代人們會使用鐳射科技在任何金屬上雕刻文字和圖案，此技術比古代的手工刻字準確度更高而且更方便快捷，最重要的是刻字能永久保留。

小知識

為什麼「宋王臺」不是用「皇」字而是「王」字呢？因為居民為了避免得罪當時的蒙古(元朝)君主，所以便以「王」字代替「皇」字。

宋皇臺與日佔時期

宋皇臺這塊紀念石碑對當地居民意義重大，港英政府都對該山頂甚為重視，特別稱該山為「聖山」。但由於聖山佈滿大大小小的巨石，所以到了 18 世紀末期，不少居民前往聖山採石作建築材料，對宋皇臺周圍造成破壞。

相片來自網絡

20 世紀初期的聖山一帶，山上的巨石就是宋皇臺

相片來自網絡

1920 年代的「宋皇臺舊址」入口的牌坊

相信其中一個方法就是立法。港英政府立法禁止他人在聖山採石，並撥款在宋皇臺石碑的四周加建圍牆去保護它，豎立碑誌去警告居民。立法後，有商人更捐款作修築之用，並在聖山上建成一個公園供市民遊覽。但很可惜的是由於日軍的佔領，這段熱鬧的時光只維持了一段短暫的時間。

你認為有什麼方法最快又最能保護宋皇臺石碑？

在日軍佔領香港期間，因需要擴建啟德機場以供大型飛機升降，所以於 1943 年決定拆毀附近的建築物和炸毀古蹟宋皇臺所處的聖山。

其實當時日軍曾經表明不會破壞宋皇臺，只作搬遷而已。可是日本人並沒有遵守諾言，他們把刻有大字的巨石炸裂，利用得來的石頭作為建築材料興建跑道。

在長達 3 年 8 個月的日佔時期，市民的生活非常艱苦。有市民因食物供應不足和難以負擔食物昂貴的價格導致餓死，又有市民被無辜殺害和被殘酷虐待。日軍又到處破壞大量建築物和佔領不少設施作軍事用途，例如醫院、學校等。

那麼宋皇臺石碑有否被炸毀？

幸好「宋王臺」三字和旁邊七字並沒有被炸毀。

啟德機場

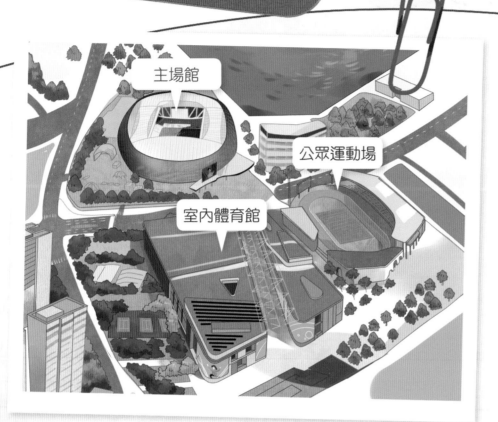

主場館

公眾運動場

室內體育館

啟德體育園及周遭設施構思圖

你知道昔日的香港機場是位於九龍城區內,而不是現時的赤鱲角嗎?當時的機場名為「啟德機場」,由於機場衍生了不少問題和使用量已告飽和,所以政府已在 1998 年 7 月 6 日搬遷機場到赤鱲角。現時機場的舊址已被規劃作不同的用途。有些建築項目已落成並啟用,例如:啟德郵輪碼頭、多個公共屋邨等。

啟德體育園是一個即將興建的體育場館區,區內主要的設施包括可容納約 5 萬名觀眾的主場館;可容納 1 萬名觀眾的室內體育館;以及可容納約 5 千名觀眾的公眾運動場。此外,體育園內亦設有大量的休憩空間、零售和餐飲店鋪等。

啟德體育園主場館構思圖

起源

啟德機場本來是一個由兩名商人（何啟和區德）用以發展房地產的填海區，當時被稱為「啟德濱」。但最後因工潮和經濟衰退令他們被迫放棄啟德濱計劃，用地一直空置。隨後由於地區局勢緊張，加上日軍的威脅加劇，港英政府需要興建空軍基地，所以啟德機場的前身是一個皇家空軍基地。

何啟和區德

相片來自網絡   相片來自網絡

1980 年代啟德機場的鳥瞰圖

1960 - 70 年代啟德機場的管制站

經過一些機場基本工程，以及成立了航空事務處後，啟德機場正式變成民航機場。隨後多年政府不斷改善啟德機場的設施，第一代客運大樓在 1930 年代建成，香港民航事業發展亦正式展開。

啟德
與香港的繁榮

在日軍佔領香港期間，日軍需要擴建機場以供大型飛機升降。於是便向機場附近地區的居民強制收地，擴建工作更是由戰俘和居民所完成。

二次大戰後，港英政府認為航空服務日漸重要，決定成立民航處。民航處隨後不斷改善啟德機場的設施，包括：客運大樓、飛機維修庫、行政大樓等。你知道客運大樓內包括哪些設施嗎？大樓內包括出入境樓層、餐廳、商店、貴賓室等不同的設施，以滿足不同旅客的需求。由 1970 年代開始，啟德機場帶動旅遊業和運輸業的發展，為香港帶來巨大的經濟收益。

相片來自網絡　　　　1997 年啟德機場的鳥瞰圖

相片來自網絡　　　　1990 年代啟德機場的離境大堂

相片來自網絡　　　　1990 年代後期客運大樓內部

相片來自網絡

飛機在九龍城區居民頭頂飛過

相片來自網絡　飛機降落時，貼近九龍城一帶的舊樓

飛機降落時一般與地面維持一定的角度，角度過大的話會令飛機硬撞地面又或者撞到附近的建築物。

隨著經濟發展令住宅區和機場不斷擴展，兩邊的距離只剩一街之隔，衍生飛行安全問題。

不同的人對啟德機場的飛行安全問題有不同的感受。對於飛機師來說，啟德機場是一個極具挑戰性的機場。因為機場跑道與海的距離低於國際標準，所以飛機降落難度極高。對於在飛機上的乘客，他們在降落時能清晰看見擠迫的街道、樓宇及行人等，是一大奇觀！對於地上的居民則每天都害怕飛機升降時會發生意外，危害自己和家人的安全。

如果機場就在你家或學校附近，你會有什麼感受呢？
幸運的是啟德機場從啟用到結束都沒有發生過傷及附近居民的大型意外。

飛機結構

大多數飛機由五個主要部分組成：機翼、機身、尾翼、起落裝置和引擎。從俯視角度看飛機，它是軸對稱的，有助穩定機身。

你能指出飛機燃油箱所在的位置嗎？

你知道引擎需要什麼來推動嗎？

1 引擎
2 起落裝置
3 機翼
4 襟翼

● 俯視角度

5 機身
6 尾翼

STEM 小常識

飛機襟翼的移動對飛機的升降有重大關係，當襟翼向下摺時，氣流被導引向下，令襟翼上方的氣流速度增加造成上方的氣壓較低，襟翼下方的氣壓比上方大造成向上的升力，使飛機向上升。

另外，是因為引擎產生的反作用力，將空氣向後推，讓飛機產生向前的動力。

● 飛機機翼的設計

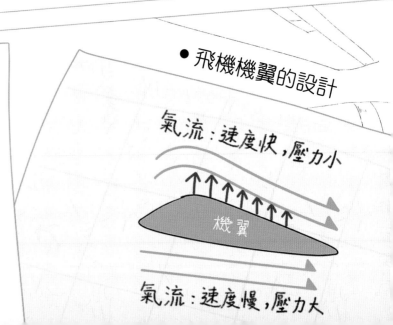

氣流：速度快，壓力小

機翼

氣流：速度慢，壓力大

啟德機場
所衍生的環境污染

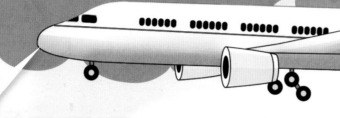

啟德機場衍生空氣污染的問題，影響居民的生活環境質素。當飛機航行時會燃燒燃油，過程中會排放大量二氧化碳 (CO_2) 及有毒物質，造成空氣污染。

二氧化碳 (CO_2) 是一種氣體，我們在呼吸過程時亦會呼出二氧化碳。但如果在空氣中的二氧化碳增加，就會阻礙到地球散熱，導致地球的氣溫上升。除此之外，機場一些地面交通設施，例如來回機場地面的車輛、接載乘客的穿梭巴士，都會排放二氧化碳。

機場本身亦是其中一個排放源頭，例如機場電力供應，而發電廠是香港其中最大空氣污染源之一，因為發電廠主要用煤作發電燃料，燃燒煤時會釋放大量二氧化碳。
空氣污染令空氣質素變得惡劣，對居民的健康構成影響。如果我們長期暴露在受污染的空氣中，會患上不同程度的疾病，嚴重的話甚至會死亡呢！咳咳！

摺飛機

學會飛機飛行的原理後，現在你亦可以自製一隻紙飛機，模擬飛機在空中滑行，感受當中的樂趣。只要從重力、推力、升力和阻力的方向去思考，就能摺出飛得又遠又耐久的紙飛機。

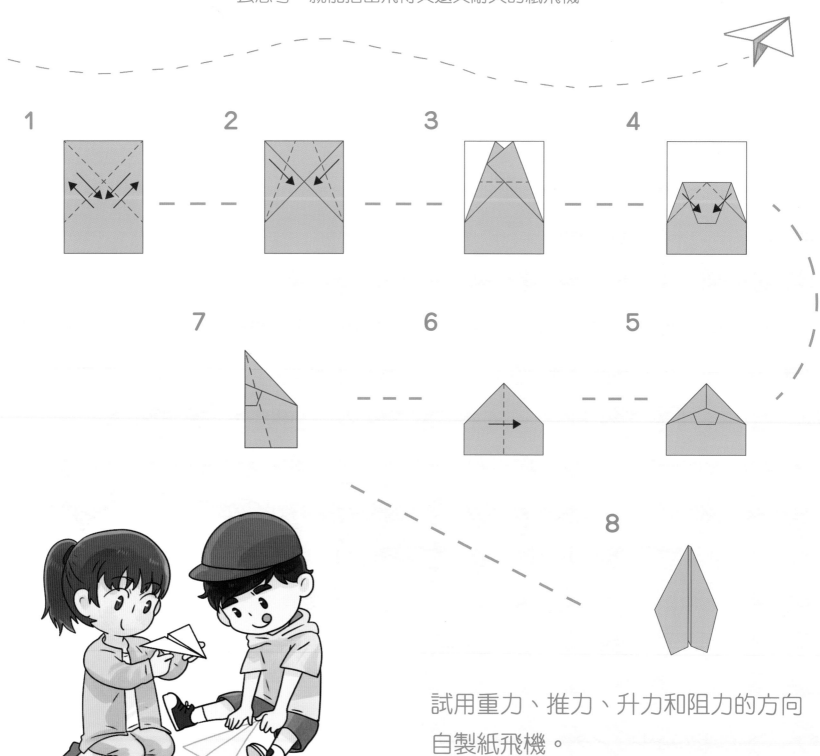

1

2

3

4

7

6

5

8

試用重力、推力、升力和阻力的方向
自製紙飛機。

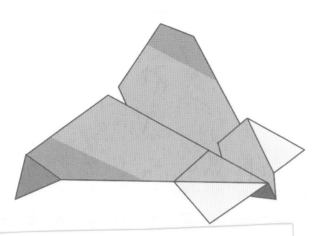

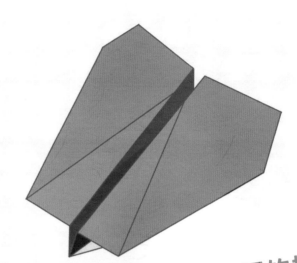

1 沿對角線摺出虛線摺痕後攤平紙張。
2 將左上角、右上角沿虛線摺向摺痕。
3 沿虛線往下摺。
4 將左上角、右上角沿虛線摺入。
5 將紙張反轉。
6 沿中間線對摺,摺出機身。
7 沿虛線將機身摺向機底,形成機翼,另一面如是。
8 將機翼垂直於機身攤開,完成。

紙飛機還有很多不同的摺法呢!

摺飛機的要訣

· 機頭必須要重,有助對阻空氣阻力令紙飛機可穩定飛行,在機頭夾上萬字夾可令飛機飛得更遠。

· 建議手持紙飛機機身中間較前的位置,並平順地把紙飛機擲出。

· 從機頭向下望確保紙飛機完全對稱,有需要時再摺一次;若飛機並不對稱,就不能順暢飛行。

· 「Y」形的機身設計是提升紙飛機的穩定性,有助減低機身左右擺動。

九龍寨城公園

你有沒有去過九龍寨城公園參觀或休憩？你知道這個公園有什麼特色嗎？九龍寨城公園原址是九龍寨城，於 1980 年代被清拆，是香港近代歷史重要的遺跡之一。在遊覽公園的時候不但可以欣賞優美的風景，還可以了解有關寨城的歷史和文物保育的重要性。公園設立不同的展覽館通過模型、圖像和音響效果等元素讓我們更了解昔日寨城的面貌和居民的生活。除了展覽館外，公園內還保留了有「南門」及「九龍寨城」字樣的花崗岩石額和其他遺跡文物。

九龍寨城公園 相片來自網絡

例如：東南兩門的牆基和三座炮。這些都成為了展品，供市民遊覽。

九龍寨城公園內的亭台樓閣

嘉慶七年（1802 年）鑄成的大炮

仿照寨城清拆前建築物的銅鑄模型

小資訊

從「九龍寨城」字樣的花崗岩石額可見，寨城才是正確名字，城寨只是俗稱。

寨城的結束

為什麼寨城已經不存在呢？

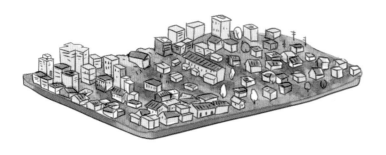

● 1970 年代

港英政府開始強行進入寨城，剷除寨城內的有組織犯罪集團和嚴厲打擊貪污行為，治安才有所改善。

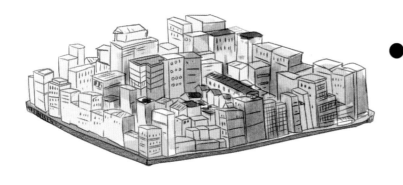

● 1980 年代

中、英兩國達成共識，決定清拆寨城並在原址興建公園，意味著寨城的黑暗日子終於結束。

● 1990 年代

九龍寨城公園於 1995 年正式向公眾開放。

究竟以前的寨城是怎樣的？為什麼會被清拆呢？

九龍寨城

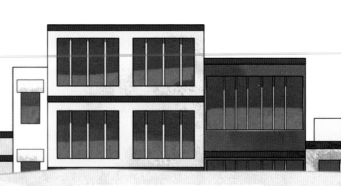

1950 年代九龍寨城的鳥瞰圖　相片來自網絡

九龍寨城，又稱九龍城寨、九龍城砦（粵音：寨），曾經是全世界人口密度最高的地方。寨城前身是一個沿海和具戰略價值的地區，清政府還在寨城附近興建城牆、四道城門和設置大炮等作防衛之用。1898 年，英國政府與清政府簽訂「不平等條約」，租借九龍半島及新界，但並不包括寨城，寨城仍屬清廷管轄。

寨城最後因各種政治和外交原因，變成一個「三不管」的地方。

早期九龍寨城居民的生活情況　相片來自網絡

在日佔期間，這些城牆全被日方炸毀去擴建啟德機場，寨城變成一個內陸地區。

往後 100 年間，寨城附近一帶成為民居。

1990 年的九龍寨城　相片來自網絡

什麼是「三不管」？

「三不管」是指中國政府不能管、英國政府不想管及香港殖民政府不敢管，這令寨城光明的日子逐漸消失。

寨城
的樓宇

九龍寨城內樓宇的天台　　　相片來自網絡

二戰過後，除了原來的寨城居民陸續返回寨城居住外，還有大量中國內地難民湧入。這樣的情況令寨城人口不斷擴張，密密麻麻的樓宇和寮屋紛紛在寨城內非法興建。

居民發揮無限智慧，在有限空間內興建大量樓宇，令樓宇不斷向高空和向外發展，一幢到挨著一幢，據聞當時的小朋友更可以在一幢大廈的天台一步跨到另一幢大廈呢！

由於樓宇並沒有完全*打樁，建築物沒有穩固地基，只靠樓宇間互相緊貼作支撐，極為危險。這些非法樓宇更可高達十多層，居民更會在外牆興建窗台。樓宇的鋼筋水泥完全遮擋陽光，令街道狹窄昏暗。當時寨城裡的情況就如砌積木般，只要有少許空間，居民就會興建樓宇，所以幾乎每一幢都是危樓。

相片來自網絡

你覺得這些樓宇安全嗎？

九龍寨城的樓宇

*打樁就仿似大樹的根部抓緊地下。

樓宇結構

你知道一般正確興建樓宇的過程嗎？

STEM 小常識

相片來自網絡

打樁

相片來自網絡

鋼筋混凝土作樓宇結構

相片來自網絡

裝修階段

寨城的
黑暗日子

STEM 小常識

儘管寨城危機處處，居住環境和衛生條件極為惡劣，但是因為租金便宜，依然吸引不少貧困市民入住。你能根據下圖估計一下最高峰時期的寨城人口有多少？

圖中 1 人代表 1000 人，把整個畫面的人數計算後，再乘大 1000 倍：

圖中人數為 40 人。
即 40 x 1000 = 40000，
整個畫面約有 40000 人。

* 依照推斷，估計寨城的最高峰人口約有 40 000 人

這個「三不管」的狀態，造成有組織犯罪集團活躍的地帶，賭檔、販毒、色情活動、罪案等隨處可見。即使治安和生活環境極為惡劣，居民亦要想盡辦法生活和自力更生。你能猜得到當時他們是如何維持生計呢？

科牙××

不少非法診所、冒牌貨販賣點和家庭式經營的小工廠都可以在寨城裏找到。非法診所中，又以無牌牙醫最為普遍。

相片來自網絡　　九龍城寨內的製衣工場

相片來自網絡

家庭式經營的小工廠包括：穿膠花、製作食材、五金等等。居民亦會經營士多、餐廳和雜貨鋪，形成一個小社區。

九龍城寨內的食物製造工場

當時的寨城居民生活困苦，居住環境亦極為惡劣。居民隨處棄置垃圾而沒人清潔街道，因此蛇蟲鼠蟻四處可見。自來水和電力供應亦不足，居民要到街喉取水和偷電使用。寨城內還密不透風，在夏季可為十分難受。儘管生活艱苦，但居民相處融合，發揮互助的精神。

如果你是當時的市民，你會選擇入住寨城嗎？

李小龍

原名：李振藩
出生：1940 年 11 月 27 日 （美國）
逝世：1973 年 7 月 20 日 （香港）
曾就讀的學校：
香港：嘉諾撒聖瑪利書院、
德信學校、喇沙書院、聖芳濟書院
美國：西雅圖華盛頓大學

你有沒有聽過李小龍這個名字？

李小龍武術精湛，他精通不同的拳種，包括太極拳、詠春、洪拳、少林拳，又研究西洋拳，更自創了截拳道。在美國生活期間，於不同地方開設「振藩國術館」，亦創立截拳道拳法，向非華裔人士教授武術。李小龍的一生充滿傳奇，致力發揚中國武術，讓西方人認識和學習中國武術，並揚名世界，一改西方人對中國人的看法，影響深遠，是香港甚至是整個中國武術界的驕傲。

太極拳

詠春

洪拳

少林拳

李小龍
的影藝事業

1950 年李小龍主演的電影《細路祥》

1971 年上映電影《唐山大兄》的海報

李小龍（右）在電視劇《青蜂俠》的造型

● 1941-1950

● 1964-1970

　　李小龍的影藝事業是由他嬰兒時期就開始，李小龍 3 個月大就出演粵語片《金門女》了，繼而開始童星的演藝生涯，並在 1950 年首次以男主角身份演出電影《細路祥》。

　　在赴美求學前，李小龍在香港先後演出過 8 套電影。由於李小龍大學時期曾在美國留學，所以英語水平較高，能與外國人對答，有助他在荷里活發展影藝事業。在美國期間，李小龍參與了 5 部荷里活電影的拍攝工作。除了電影，一些外國的電視台亦邀請李小龍擔任電視劇主角和客串角色，吸引了不少外國人觀看呢！

1972 年上映電影《精武門》的海報

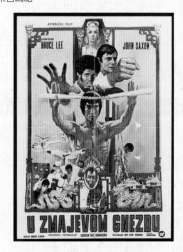

1973 年上映電影《龍爭虎鬥》的海報

● 1972

　　相信李小龍最廣為人知的電影定必為《精武門》，他在電影中道出一句經典對白：「中國人唔係東亞病夫！（中國人不是東亞病夫！）」。

● 1973

　　李小龍的電影在荷里活獲得空前成功，票房大收。最厲害的一定是《龍爭虎鬥》這套電影，擊敗同期上映的多部荷里活電影，荷里活新類型的動作片就此誕生。

中國人唔係東亞病夫！（中國人不是東亞病夫！）

李小龍

為什麼李小龍會用「東亞病夫」，而不是「南 / 西 / 北 / 」亞病夫？

STEM 小常識

圖考：圖為中國在亞洲地圖的確實位置。

李小龍事蹟徑

令人惋惜的是，在 1973 年 7 月 20 日的晚上，李小龍因對藥物產生高度敏感導致死亡，享年才 32 歲，電影《死亡遊戲》成為他的遺作。你有看過他的電影嗎？影迷和後人在他逝世後一直舉辦不同活動紀念他。

近年，為了紀念李小龍逝世四十周年，他的影迷會－「李小龍會」與政府合作，把他生前曾經在本港踏足過的 6 個地點串成「李小龍事蹟徑」。

1 世紀之星 – 李小龍銅像
九龍尖沙咀星光大道

2 海運大廈
九龍尖沙咀廣東道 5 號

3 德信學校
九龍尖沙咀柯士甸道 103 號

4 喇沙小學
九龍九龍塘喇沙利道 1 號 D

5 青山禪院
新界屯門青山寺徑

6 聖芳濟書院
九龍大角咀詩歌舞街號 45 號

　　6 個地點分佈於九龍和新界，而在九龍城區唯一一個地點為喇沙小學，李小龍的兒子曾在該校就讀。因為當時不同的電台和電視台都坐落於廣播道，所以李小龍會經常駕車接送兒子上學，據說他會在門口一邊吹口哨，一邊等待接兒子放學。6 個事蹟徑景點，均豎立介紹牌匾，講述該地點與李小龍的淵源，讓市民更清楚了解和追思他的生前點滴。相關介紹牌匾會永久保存，牌匾內除了中、英並茂的介紹外，還有一些與李小龍相關的舊照片，以供閱覽。

地方知多點

1 居港的宋氏後人曾於宋皇臺花園開放初期在其附近的酒樓舉行祭祀，並在會場擺放宋帝昰及宋帝昺的畫像。雖然祭祀宋帝的場面已經絕少在近代出現，但九龍城區的確與兩名宋室小皇帝逃難的歷史有關，宋皇臺石碑便是證據。

啟德機場

1 坊間流傳把機場命名為「啟德機場」是為紀念何啟和區德兩人的說法，但其實是錯誤的。根據當時的官方文件，在機場未被正確命名前，文件中已多次稱機場為「在啟德的機場」。由此可見，「啟德」一名在興建機場前已是這個九龍城填海區的名字。

2 除了空氣污染，噪音污染亦屬環境污染的一種。飛機升降時所發出的隆然巨響可稱為噪音，而噪音問題是啟德機場對附近地區造成一個重要環境污染。噪音問題影響區域甚廣，包括鄰近啟德機場的九龍城、九龍灣、觀塘、九龍塘以至港島東區。噪音能導致精神不振、心情煩躁及工作能力下降等的生理及心理的問題之外，長遠亦會提高患心血管病的風險，對居民身心都造成影響。

3 基於啟德機場對市區衍生不少的問題，而且使用量已近飽和，香港需要興建新機場。1998 年 7 月 6 日，啟德機場結束了 74 年的歷史任務，正式與我們說再見。新機場現設於大嶼山赤鱲角，展開航空業的新一頁。啟德機場的舊址亦變成住宅區和郵輪碼頭，可謂完了何、區兩人多年前在啟德興建住宅的心願。

九龍寨城

1 　　雖然清政府堅持擁有九龍城的主權，但因為國力不足而無法加強對寨城的管治；英國政府亦因外交問題而難以對寨城進行管治。港英政府亦多次嘗試要求居民遷出，不過都因為清政府不斷向英國施壓和抗議，明確重申擁有九龍城的主權，居民又強烈反對遷出，讓問題未能得以解決。這樣的情況導致寨城變成「三不管」的狀態。

2 　　寨城可分為東城區和西城區，只有東城區變成了罪惡的溫床。西城居民與其他地區市民一樣，生活環境並不惡劣，還開設不少家庭式的手工業。

3 　　早於 1898 年，樂善堂已於九龍周邊以「善堂」性質服務社群，包括贈醫施藥、殮葬和申辦義學等多種服務，而樂善堂亦是九龍城開寨以來成立最早和最具規模的善堂。樂善堂舊址印有「樂善堂」三字的石碑門額，現放置於九龍城樂善堂小學內以作紀念。

李小龍事蹟徑

1 　　李小龍年幼時因體弱多病，其父親在他 7 歲時親自教授太極拳，以鍛鍊身體，他亦開始熱愛太極拳。但在後來因一次與同學打架，令他對從前所學產生了懷疑。隨後在 13 歲，他拜葉問門下學習詠春拳。在學期間，他曾奪得香港校際拳擊賽冠軍。

地方挑戰站

宋皇臺

1. 宋皇臺是為了紀念誰？
2. 宋皇臺的石碑刻上了什麼字？
3. 古時的人如何在石碑上刻字？
4. 宋皇臺周邊的岩石被日軍用來興建什麼呢？

答案
1. 南宋皇帝宋端宗趙昰和其弟趙昺
2. 「宋王臺」和「清嘉慶丁卯重修」
3. 先用朱筆寫在磨平的碑石上，再用鑿子依字跡刻上文字

4. 啟德機場

啟德機場

1. 啟德機場前身是什麼用地？
2. 飛機由多少個部份組成，分別是什麼呢？
3. 啟德機場衍生了哪兩種問題？
4. 啟德機場是在哪年關閉？
5. 現時香港的機場是位於哪裡？
6. 啟德機場的跑道約長多少公里？

相片來自網絡

答案
1. 住宅用地
2. 飛機由五個部份組成，分別是機翼、機身、尾翼、起落裝置和引擎
3. 飛行安全問題和環境污染問題
4. 1998 年
5. 大嶼山赤鱲角
6. 啟德機場的跑道約長 3390 米

九龍寨城

1. 九龍寨城被稱為一個「三不管」的地方，何為「三不管」？
2. 什麼類型的商店能在寨城中找到呢？
3. 一般正確興建樓宇的過程是怎樣呢？
4. 寨城的原址現在興建了什麼呢？
5. 整個九龍寨城的面積約多少平方米？

相片來自網絡

答案
1. 中國政府不能管、英國政府不想管和香港殖民政府不敢管
2. 非法診所、冒牌貨販賣點和家庭式經營的小工廠
3. 先打樁，之後用鋼筋混凝土作樓宇結構，最後到裝修階段
4. 九龍寨城公園
5. 面積達六點五英畝

李小龍事蹟徑

1. 李小龍的原名是什麼？
2. 李小龍創立了哪種拳法？
3. 經典對白「中國人唔係東亞病夫！（中國人不是東亞病夫！）」是出自哪套電影？
4. 李小龍事蹟徑所包括的景點有多少個在九龍城區？
5. 李小龍曾在哪個國家短暫逗留和發展他的演藝事業呢？

答案
1. 李振藩
2. 截拳道拳法
3. 《精武門》
4. 一個
5. 美國

遊覽宋皇臺公園
花園，停留1次

7　　　　8

德機場乘坐飛機，
至12

10　　　　9

寨城被清拆，
回15

24

覽九龍寨城公園，
進1步　26　　　　25

39　　　　40

達
小龍徑，
留2次

42　　　　41

地方康樂棋
遊戲規則

1. 可以 2－4 人同時進行遊戲。
2. 各玩家選擇一隻棋子，並放在起點上。
3. 遊戲開始前各玩家先擲骰子一次，以點數的大小決定先後次序，點數最大先行，如此類推。
4. 遊戲開始！各玩家按先後次序擲骰子，再按所擲到的點數決定前進的步數。
5. 如棋子停留在有指示的方格中，須按照指示作停留、前進、後退或多擲骰子。
6. 當將抵達終點時，棋子必須擲到與終點距離步數相同的點數。如所擲的點數超過了終點，必須後退相等格數，直至擲到相同為止。
7. 最先抵達終點者為勝。

康樂棋是一種用骰子來決定棋子沿棋盤路徑的前進步數，以最快抵達終點者為勝利的棋盤遊戲，其歷史可追溯至古埃及時代。康樂棋在 1980-1990 年代於香港十分流行，市民都可以在文具店買到。

資料來源

書籍

劉智鵬、黃君健、錢浩賢：《天空下的傳奇：從啟德到赤鱲角〔上〕（全二冊）》（香港：三聯書店 (香港) 有限公司，2014）。

九龍城樂善堂：《九龍城 人。情。味》（香港：明窗出版社有限公司，2013）。

馮應標：《李小龍年譜：一代武星戲裏戲外的真實人生》（香港：中華書局 (香港) 有限公司，2017）。

蕭國健：《寨城印痕：九龍城歷史與古蹟》（香港：中華書局 (香港) 有限公司，2015）。

格雷格 • 吉拉德、林保賢：《黑暗之城——九龍城寨的日與夜》（香港：中華書局 (香港) 有限公司，2015）。

趙雨樂、鍾寶賢、高添強：《香港地區史研究之———九龍城》（香港：三聯書店 (香港) 有限公司，2011 ）。

吳邦謀：《香港航空 125 年》（香港：中華書局 (香港) 有限公司，2015）。

吳邦謀：《再看啟德：從日佔時期說起》（香港：ZKOOB Limited，2009）。

劉潤和編撰小組：《九龍城區風物志》。（香港：九龍城區議會，2005）。

網上資源

（瀏覽於 2019 年 5 月 21 日）

香港教育城
〈宋王臺〉http://www2.hkedcity.net/citizen_files/ab/aw/tc6628/public_html/new_page_3.htm

香港記憶
〈宋王台落難〉http://www.hkmemory.org/city_relics/text/index.php?p=home&catId=165&photoNo=0
〈老街坊－啟德機場〉http://www.hkmemory.org/kaitak/index.html

香港蘋果新聞
〈【港古佬】港英尊重宋朝皇帝 宋王臺升呢變宋「皇」臺〉https://hk.news.appledaily.com/local/realtime/article/20190213/59235461
〈威水史風靡全球 龍迷朝聖「李小龍事蹟徑」〉https://hk.news.appledaily.com/breaking/realtime/article/20170221/56331128
〈城寨消失 20 年　墮落又快樂〉，https://hk.lifestyle.appledaily.com/lifestyle/culture/daily/article/20131216/18552309

今日校園
〈九龍城之宋代歷史遺蹟「宋王臺」〉http://www.ecampustoday.com.hk/book-detail.php?id=2828

香港教育局
〈宋王臺的故事〉https://www.edb.gov.hk/attachment/tc/curriculum-development/kla/general-studies-for-primary/lt_resource_pri_gs_hist_culture/LT_2_4_story_1.pdf

東方日報
〈探射燈：李小龍生平簡介〉https://orientaldaily.on.cc/cnt/news/20150919/00176_151.html
〈東網光影：舊照片細訴因何告別啟德〉https://hk.on.cc/hk/bkn/cnt/news/20160724060022443-0724_00822_001.html

政府檔案處
〈啟德機場歷史檔案展 Exhibition of Archival Holdings on the Kai Tak Airport〉https://www.grs.gov.hk/ws/online/kai_tak/tc/index.html

明周文化
〈【閱讀清單】從九龍城寨看香港建築發展〉，https://bit.ly/2KoGME6

康樂及文化事務署
〈千面小城展覽〉https://www.lcsd.gov.hk/tc/parks/kwcp/thousand.html

立場新聞
〈映城之戀：影視中的啟德機場〉，https://bit.ly/2WlSuLi

星島日報
〈【當年今日】啟德機場榮休 20 周年 跑道變郵輪碼頭〉，https://bit.ly/2MSWxF7

香港電台「通識網」
〈香港電台「通識網」教學建議〉，http://www.liberalstudies.hk/hkconnection/pdf/ls_hkconnection_03.pdf

The News Lens 關鍵評論
〈我的城寨童年回憶（上）：「三不管」的香港九龍城寨〉，https://hk.thenewslens.com/article/98591
〈我的城寨童年回憶（下）：九龍城寨，黑暗中有光〉，https://hk.thenewslens.com/article/98607

情牽思怀　雉舍母校